POST
LETZTE
LEERUNG
24. DEZ.
08:00

Mum und Dad gewidmet – für Eure nie nachlassende Begeisterung und Euren unerschütterlichen Glauben – C. B.

Fröhliche Weihnachten, Rosie
– K. H.

Deutsche Erstausgabe
1. Auflage 2020

Die Originalausgabe erschien 2019 unter dem Titel
The Night before Christmas in Wonderland bei
Macmillan Children's Books, ein Imprint von
Pan Macmillan, London

Druck und Bindung: Livonia Print, Riga, Lettland
ISBN 978-3-85535-649-2

www.atrium-kinderbuch.com
www.instagram.com/atrium_kinderbuch_verlag

Carys Bexington

Weihnachten im Wunderland

Illustriert von Kate Hindley

Aus dem Englischen von Henning Ahrens

Atrium Verlag · Zürich

Am Abend vorm Fest, es windet und schneit,
da macht sich der Weihnachtsmann reisebereit.
Der Schlitten ist schwer, er befördert viel Fracht,
Geschenke für Kinder zur Heiligen Nacht.

Der Weihnachtsmann greift nach den Zügeln und dann
befiehlt er mit fröhlichem Ruf dem Gespann:
»Hü, Renner und Tänzer und Liebling und Blitz!
Hott, Donner und Sternschnuppe, Wildfang und Hitz!«

Ein Wichtel erscheint und ruft: »Wartet doch mal!
Es lag noch ein Umschlag im Weihnachtsregal!«

Der Brief ist schon älter, die Schrift ist verblasst.
Sie lesen ihn alle in fliegender Hast.

Lieber Weihnachtsmann,

im fernen Wunderland wünsche ich mir
von Herzen ein schönes Präsent von Dir.
Beim Licht des Polarsterns bitte ich Dich,
mir etwas zu schenken ...
(Meine Eltern weigern sich!)

Alles Liebe
Deine Herzprinzessin

(Route zum Schloss im Wunderland
auf der Rückseite.)

»Beim Knitterlametta!« Er rauft seinen Bart.
»Zum Fest keine Gabe? Das finde ich hart!
Wir fliegen zuerst zur Prinzessin im Schloss!
Nach Wunderland, Rudolph, auf los geht es los!«

»Och, muss das sein?«, murmelt Tänzer bedrückt.
»Nie von Alice gehört? Dort sind alle verrückt!«
»Sehr richtig!«, sagt Donner. »Die sind nicht ganz dicht.
Dort spukt eine Katze mit Grinsegesicht.«

»Sie braucht ein Geschenk – es ist Weihnacht! Hühott!«

Die Rentiere starten im lustlosen Trott.

Der Flug mit der Kutsche raubt IRRE viel Zeit.
(Der Kaninchenbau-Weg wäre weniger weit.)

Sie landen und huschen geduckt übers Dach.
Hinab durch den Schornsteinschlot geht es danach.

Am Kaminsims kein Strumpf, ja nicht mal ein Baum
mit Kerzen und Kugeln steht in diesem Raum!
»Kein Zimtstern!«, murrt Renner. »Kein Lebkuchenherz.
Auch keine Karotte! Das ist doch ein Scherz!«

Wie die Rentiere staunt auch der Weihnachtsmann.
Derweil zieht sich oben im Schloss jemand an.

Die Königin faucht: »Na, das gibt's ja wohl nicht!
Ein Schurke mit Mütze und Bart im Gesicht?«
Sie brodelt und kocht und sie rauft ihren Schopf.

Dann brüllt sie:

»He, Dickerchen:
AB MIT DEM KOPF!«

Der Weihnachtsmann rät immer ab von Gewalt,
doch Donner, den Trotzkopf, lässt dieser Rat kalt.
Obgleich man ihn rügte (er biss einfach so
die treubraven Wichtel in ihren Popo),
stürmt Donner los, dass der Fußboden kracht ...

und befördert die Königin in die Nacht.

Der Weihnachtsmann schreit: »Nichts wie weg! Macht mir Platz!«
Dann stolpern sie allesamt über die Katz.

Sie fallen

kopfüber,

mit Autsch
und Auweh …

und landen verwirrt in des Hutmachers Tee.

»Wir haben Besuch!«, ruft der Märzhase aus.
»Trinkt Gebäck und esst Tee!«, jubiliert eine Maus.

Doch der Weihnachtsmann will weder Keks noch Getränk:
»Die Königin braucht doch ihr Weihnachtsgeschenk!«

Der Hutmacher ruft: »Dieses Wort ist tabu!
Erfährt sie davon, ist dein Kopf ab im Nu!«

Der Märzhase haucht: »Ja, du landest im Knast.
Geschenke und Weihnachten sind ihr verhasst!«

Da reckt ein Kaninchen den Kopf und es klagt:
»Die Schuld trage ich, denn ich habe versagt.
Die Briefkastenleerung war pünktlich um acht,

doch ich hab mich zu spät auf den Weg gemacht!

Sie schäumte und kochte vor Wut, und seither gibt es weder Geschenke noch Frohsinn mehr.«

Die Königin naht, karmesinrot vor Wut,
und zetert: »Enthauptet den Kerl mit dem Hut!«

»Oje!« Der Weihnachtsmann bibbert und bangt,
das Geschenk, das er hält, das zittert und schwankt.
Sie zischelt: »Was ist das?«, und zeigt auf das Stück.
Dann kehrt die Erinnerung langsam zurück.

Und die Frau, die sonst immer so griesgrämig war,
erstrahlt vor Vergnügen und lächelt sogar.

Sie ergreift das Geschenk und ruft: »Mein sollst du sein!«
Da wird es auf einmal zu schwarzem Gestein.

Oh, wie sie sich grämt und Verwandlung erfleht!
Der Weihnachtsmann sagt: »Du allein weißt, wie's geht.«

Sie jammert: »Ja, WIE denn?« Und Rudolph erklärt:
»Sei lieb und sei nett, wie's zum Fest sich gehört.«

Die Königin schwört also, gütig zu sein,
so freundlich und heiter wie Sonnenschein.

Und der Stein wird durch dieses Versprechen von ihr …

zu BANDERSNATCH - Kumpel und Kuscheltier!

Wie durch Zauberhand wirbelt der Schnee durch die Nacht,
und das Wunderland funkelt in festlicher Pracht.

Der Weihnachtsmann, froh und zufrieden, enteilt.
Höchste Zeit, dass er seine Geschenke verteilt!
Und er ruft, als sein Schlitten den Boden verlässt:

»Ich wünsche euch allen ein fröhliches Fest!«